ISBN 209250139-9

L'Oasis

NATHAN

Pour Wahid, arrière petit-fils de touaregs
T. L.

Pour Helen et Erwan
O. A.

L'Oasis

THIERRY LENAIN ✶ OLIVIER ANDRÉ

NATHAN

« Vite, vite ! » crie Tarek.
Et courent les hommes,
courent les femmes,
courent les enfants,
courent les chameaux.

« Le soleil va se coucher,
La nuit va tomber,
Le désert va se cacher.
Il faut être les premiers ! »

Et vite, vite,
court la tribu des Hommes en noir.

« Vite, vite ! » crie Habib.
Et courent les hommes,
courent les femmes,
courent les enfants,
courent les chameaux.

« Le soleil va se coucher,
la nuit va tomber,
le désert va se cacher.
Il faut être les premiers ! »

Et vite, vite,
court la tribu des Hommes en bleu.

Mais toujours il y eut les premiers, les derniers.
Toujours les Hommes en noir les premiers,
toujours les Hommes en bleu les derniers.
Quand la tribu d'Habib parvenait à l'oasis
la tribu de Tarek l'avait déjà accaparée.

Les hommes,
les femmes
et les enfants de la tribu de Tarek
s'endormaient alors la soif apaisée, le corps rafraîchi.
Ceux de la tribu d'Habib devaient attendre le lendemain,
que les Hommes en noir soient partis.

Mais ce soir-là, de colère,
le vent se lève d'un côté de la dune.
Les Hommes en noir ne peuvent plus avancer.
À l'opposé, rien n'arrête les Hommes en bleu.
« Vite, vite ! », leur crie Habib.

Parvenus à l'oasis,
hommes, femmes,
enfants et chameaux
se précipitent dans l'eau.

Habib, lui, reste en retrait.
Voici la première fois qu'il est le premier,
et pourtant, il ne semble pas satisfait.

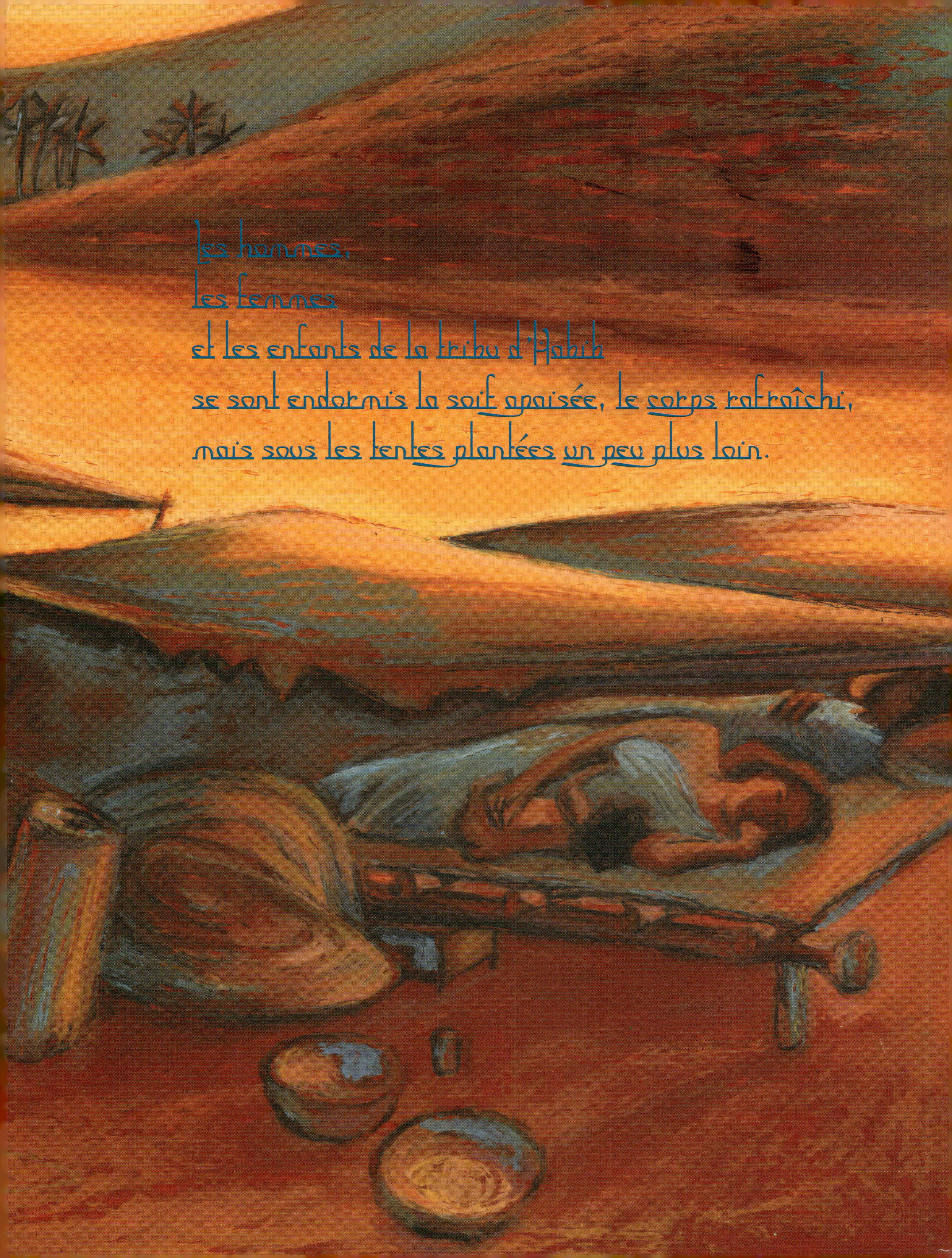

Les hommes,
les femmes
et les enfants de la tribu d'Habib
se sont endormis la soif apaisée, le corps rafraîchi,
mais sous les tentes plantées un peu plus loin.

Quand les Hommes en noir arrivent enfin, épuisés,
rien ne les empêche de s'approcher.
L'oasis n'a pas été accaparée,
les bouches assoiffées et les corps endoloris
n'attendront pas demain matin.

Bleus ou noirs,
dorment les hommes, les femmes,
les enfants et les chameaux,
la soif apaisée, le corps rafraîchi.

Au bord de l'eau, en silence,
Habib et Tarek boivent le thé.
La lune sourit.

N° DE PROJET 100 95138 (I) 5. CSB 150° SEPTEMBRE 2002
IMPRIMÉ EN ITALIE PAR GRAPHICA ÉDITORIAL